LE RUSSE

A PARIS.

LE RUSSE
A PARIS,

*Petit Poëme en vers, composé à Paris au mois
de Juillet 1760, par M. Ivan Alethof,
Secrétaire de l'Ambassade Russe.*

VOUS avez donc franchi les mers Hy-
perborées,
Ces immenses déserts & ces froides con-
trées,
Où le fils d'Aléxis instruisant tous les Rois,
A fait naître les arts, & les mœurs, & les loix.
Pourquoi vous dérober aux sept astres de l'ourse ?
Beaux lieux où nos Français dans leur sçavante course
Allérent de Borée arpentant l'horizon,
Geler auprès du Pole applati par Newton ;
Et dans ce grand projet utile à cent couronnes,
Avec un quart de cercle enlever deux Laponnes ?
Est-ce un pareil dessein qui vous conduit chez nous ?

Non, je viens m'éclairer, m'instruire auprès de vous
Voir un peuple fameux, l'observer & l'entendre.

A 2

Aux bords de l'Occident que pouvez-vous ap=
    prendre ?
Dans vos vaftes Etats vous touchez à la fois
Au pays de Chriftine, à l'empire Chinois ;
Le héros de Narva fentit votre vaillance ;
Le brutal Janiffaire a tremblé dans Byzance ;
Les hardis Pruffiens ont été terraffés ;
Et vainqueurs en tous lieux, vous en fçavez affez.

J'ai voulu voir Paris : les faftes de l'hiftoire
Célébrent fes plaifirs & confacrent fa gloire.
Tout mon cœur treffaillait à ces recits pompeux
De vos arts triomphans, de vos aimables jeux.
Quels plaifirs ! quand vos jours marqués par vos
    conquêtes
S'embelliffaient encor à l'éclat de vos fêtes !
L'étranger admirait dans votre augufte cour
Cent filles de héros conduites par l'amour ;
Ces belles Montbazon, ces Châtillon brillantes,
Ces piquantes Bouillon, ces Nemours fi touchantes,
Danfant avec Louis fous des berceaux de fleurs,
Et du Rhin fubjugué couronnant les vainqueurs ;
Perrault du Louvre augufte élevant la merveille ;
Le grand Condé pleurant aux vers du grand Corneille;
Tandis que plus aimable, & plus maître des cœurs,
Racine, d'Henriette exprimant les douleurs,
Et voilant ce beau nom du nom de Bérénice,
Des feux les plus touchans peignoit le facrifice.
Cependant un Colbert en vos heureux remparts

Ranimoit l'induſtrie, & raſſemblait les arts :
Tous ces arts en triomphe amenaient l'abondance.
Sur cent châteaux aîlés les pavillons de France ,
Bravant ce peuple altier , complice de Cromwel ,
Effrayaient la Tamiſe , & les ports du Texel.

    Sans doute les beaux fruits de ces âges illuſtres ,
Accrus par la culture & meuris par vingt luſtres ,
Sous vos ſçavantes mains ont un nouvel éclat ;
Le temps doit augmenter la ſplendeur de l'Etat ;
Mais je la cherche en vain dans cette ville immenſe.

✦✦⟶❁❀❁⟵✦

    Aujourd'hui l'on étale un peu moins d'opulence.
Nous nous ſommes défaits d'un luxe dangereux ;
Les eſprits ſont changés , & les tems ſont fâcheux.

✦✦⟶❁❀❁⟵✦

Et que vous reſte-t-il de vos magnificences ?

✦✦⟶❁❀❁⟵✦

Mais... nous avons ſouvent de belles remontrances, (a)
Et le nom d'Yſabeau * ſur un papier timbré ,
Eſt dans tous nos périls un ſecours aſſuré.

✦✦⟶❁❀❁⟵✦

C'eſt beaucoup ; mais enfin, quand la riche Angleterre
Epuiſe ſes tréſors à vous faire la guerre,
Les Papiers d'Yſabeau ne vous défendront pas ;
Il faut des matelots , des vaiſſeaux , des ſoldats.....

✦✦⟶❁❀❁⟵✦

Nous avons à Paris de plus grandes affaires.

✦✦⟶❁❀❁⟵✦

Quoi donc ?

   * Greffier du Parlement de Paris.

   NB. Voyez les Notes indiquées par des lettres alphabé-
tiques, à la fin.

Janſénius. . . . . la bulle . . . . ſes myſtéres,
De deux ſages partis les cris & les efforts,
Et des billets ſacrés payables chez les morts,
Et des convulſions & des requiſitoires
Rempliront de nos tems les brillantes hiſtoires.
Le Franc de Pompignan, (*b*) par ſes divins écrits,
Plus que (*c*) Paliſſot même occupe nos eſprits ;
Nous quittons & la Foire & l'Opéra comique,
Pour juger de Le Franc le ſtyle académique.
Le Franc de Pompignan dit *à tout l'Univers,*
Que le Roi lit ſa proſe, & même encore ſes vers.
L'Univers cependant voit nos Apothicaires
Combattre en Parlement les Jéſuites leurs freres ; (*d*)
Car chacun vend ſa drogue, & croit ſur ſon paillier
Fixer comme Le Franc les yeux du monde entier.
Que dit-on dans Moſcou de ces nobles querelles ?

En aucun lieu du monde on ne m'a parlé d'elles !
Le Nord, la Germanie, où j'ai porté mes pas,
Ne ſavent pas un mot de ces fameux débats.

Quoi ! du Clergé Français la Gazette * prudente,
Cet ouvrage immortel que le pur zele enfante,
Le Journal du Chrétien, le Journal de Trévoux,
N'ont point paſſé les mers, & volé juſqu'à vous ?

Non.

Quoi ! vous ignorez des mérites ſi rares ?

* Les Nouvelles Eccléſiaſtiques.

❖❯❮❖❯❮❖

Nous n'en avons jamais rien appris.

❖❯❮❖❯❮❖

Les barbares !
Hélas en leur faveur mon efprit abufé,
Avoit cru que le Nord était civilifé.

❖❯❮❖❯❮❖

Je viens pour me former fur les bords de la Seine ;
C'eft un Scythe groffier voyageant dans Athène,
Qui vous conjure ici, timide & curieux,
De diffiper la nuit qui couvre encor fes yeux.
Les modernes talens que je cherche à connaître,
Devant un étranger craignent-ils de paraître ?
Le cygne de Cambray, l'aigle brillant de Meaux,
Dans ce tems éclairé n'ont-ils pas des égaux ?
Leurs difciples nourris de leur vafte fcience,
N'ont-ils pas hérité de leur noble éloquence ?

❖❯❮❖❯❮❖

Oui, le flambeau divin qu'ils avoient allumé,
Brille d'un nouveau feu, loin d'être confumé ;
Nous avons parmi nous des Peres de l'Eglife.

❖❯❮❖❯❮❖

Nommez-moi donc les Saints que le ciel favorife.

❖❯❮❖❯❮❖

Maître Abraham Chaumeix ; Hayer le Récollet,
Et Berthier le Jéfuite, & le Diacre Trublet,
Et le doux Caveirac, (e) & Rabot, & tant d'autres :
Ils font tous parmi nous ce qu'étaient les Apôtres,
Avant qu'un feu divin fût defcendu fur eux :
De leur fiecle prophane inftructeurs (f) généreux,
Cachant de leur favoir la plus grande partie,

Ecrivant fans efprit par pure modeftie,
Et par piété même_ennuyant les lecteurs.

❧⟶✧⟵❧

Je n'ai point encor lû ces folides Auteurs ;
Il faut que je vous faffe un aveu condamnable :
Je voudrais qu'à l'utile on joignît l'agréable ;
J'aime à voir le bon fens fous le mafque des ris ;
Et c'eft pour m'égayer que je viens à Paris.
Ce peintre ingénieux de la nature humaine,
Qui fit voir en riant la raifon fur la fcène,
Par ceux qui l'ont fuivi feroit-il éclipfé ?

❧⟶✧⟵❧

Vous parlez de Moliere ! oh fon regne eft paffé ;
Le fiecle eft bien plus fin ; notre fcène épurée,
Du vrai beau qu'on cherchait eft enfin décorée.
Nous avons les *remparts,* * nous avons *Remponeau* ; (g)
Au lieu du Mifantrope on voit Jacques Roufleau,
Qui, marchant fur fes mains, & mangeant fa laitue,
Donne un plaifir bien noble au public qui le hue.
Voilà nos grands travaux, nos beaux arts, nos fuccès,
Et l'honneur éternel de l'empire François.
A ce brillant tableau connaiffez ma patrie.

❧⟶✧⟵❧

Je vois dans vos propos un peu de raillerie ;
Je vous entends affez ; mais parlons fans détour ;
Votre nuit eft venue après le plus beau jour :
Il en eft des talens comme de la finance ;
La difette aujourd'hui fuccéde à l'abondance ;
Tout fe corrompt un peu, fi je vous ai compris.

* Les Comédies qu'on joue fur le boulevart.

Mais

Mais n'eſt-il rien d'illuſtre au moins dans vos débris ?
Minerve de ces lieux feroit-elle bannie ?
Parmi cent beaux eſprits n'eſt-il plus de génie ?

Un génie ? ah grand Dieu ! puiſqu'il faut m'expliquer
S'il en paroiſſait un que l'on pût remarquer,
Tant de témérité feroit bientôt punie.

Non, je ne le tiens pas aſſuré de ſa vie.
Les Berthier, les Chaumeix, & même les Fréron,
Déja de l'impoſture embouchent le clairon.
L'hypocrite fourit, l'énerguméne aboie ;
Les chiens de Saint Médard s'élancent fur leur proie :
Le fripon le plus vil, le plus deshonoré,
Dans la baſſe débauche obſcurément vautré,
S'il a du bel eſprit la jalouſe manie,
Intrigue, parle, écrit, dénonce, calomnie,
En crimes odieux traveſtit les vertus ;
Tous les traits ſont lancés, tous les rets ſont tendus ;
On cabale à la cour, on ameute, on excite
Ces petits protecteurs ſans place & ſans mérite,
Ennemis des talens, des arts, des gens de bien,
Qui ſe ſont faits dévots de peur de n'être rien.
N'oſant parler au Roi, qui hait la médiſante,
Et craignant de ſes yeux la ſage vigilance,
Ces oiſeaux de la nuit raſſemblés dans leurs trous,
Exhalent les poiſons de leur orgueil jaloux ;
Pourſuivons, diſent-ils, tout citoyen qui penſe.
Un génie ! il aurait cet excès d'inſolence !
Il n'a pas demandé notre protection !

Sans doute il eſt ſans mœurs & ſans religion :
Il dit que dans les cœurs Dieu s'eſt gravé lui-même ,
Qu'il n'eſt point implacable, & qu'il ſuffit qu'on l'aime,
Dans le fond de ſon ame il ſe rit des Fantins, (*h*.)
De Marie Alacoque (*i*) & de la Fleur des Saints. (*k*)
Aux erreurs indulgent , & ſenſible aux miſeres ,
Il a dit, on le ſçait, que les humains ſont freres,
Et dans un doute affreux lâchement obſtiné ,
Il n'oſa convenir que Newton fût damné.
Le brûler eſt une œuvre ſage & méritoire.
Ainſi parle à loiſir ce digne conſiſtoire.
Des Vieilles , à ces mots, au Ciel levant les yeux ,
Demandent des fagots pour cet homme odieux ;
Et des petits péchés commis dans leur jeune âge,
Elles font pénitence en opprimant un ſage.

Hélas ! ce que j'apprends de votre nation
Me remplit de douleur & de compaſſion.

J'ai dit la vérité, vous la vouliez ſans feinte ;
Mais n'imaginez pas que triſtement éteinte ,
La raiſon ſans retour abandonne Paris ;
Il eſt des cœurs bien faits, il eſt de bons eſprits ,
Qui peuvent des erreurs où je la vois livrée,
Ramener au droit ſens la patrie égarée.
Les aimables Français ſont bientôt corrigés.

Adieu , je reviendrai quand ils ſeront changés.

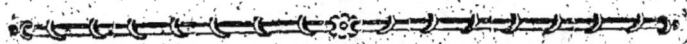

NOTES.

(*a*) On n'a pàs ici la témérité de vouloir jetter le plus léger soupçon de partialité sur les remontrances; le zèle les dicte, la bonté les reçoit, l'équité y a souvent égard. On observe seulement que lorsque les Anglais se ruinent pour désoler nos côtes, insulter nos ports, détruire nos colonies & notre commerce, nous devons donner quelque chose pour nous défendre. Certes en voyant notre Roi se défaire de sa vaisselle d'argent, & se priver de ce qui fait le nécessaire d'un Monarque, quel est le citoyen qui ne suivra pas un exemple si noble & si touchant ?

(*b*) Le Franc de Pompignan, dans un mémoire qu'il dit avoir présenté au Roi en 1760, s'exprime ainsi page 17. *il faut que tout l'univers sache que le Roi s'est occupé de mon discours, non comme d'une nouveauté passagère, mais comme d'une production digne de l'attention particulière des Souverains.* Quel producteur que ce Pompignan ! quelle modestie ! de quel ton il parle à l'univers ! comme l'univers est occupé de lui !

Ce même Le Franc de Pompignan dit page 10, *un homme de ma naissance & de mon état* ; la naissance de Le Franc !

Ce même Le Franc de Pompignan page 10, dit que pendant qu'il était Juge des Aides en Quercy, *il écrivait de la prose pour l'utilité de ses compatriotes.* Voici la prose utile de Le Franc de Pompignan. Il eut la bonté en 1756 d'écrire au Roi, & de lui reprocher le bien que le Roi faisait à la nation, en faisant lui-même à Trianon l'essai de la méthode de remédier à la carie des bleds. Sa Majesté daigna faire envoyer la recette dans toutes les provinces ; c'est une de ses attentions paternelles pour son peuple, nous l'en bénissons ; nos enfans l'en béniront. Le Franc de Pompignan seul insulte à sa bien-séance, il lui dit ; *Ces expériences ne rendront pas nos champs moins incultes. Le parc de Versailles ne décide point de l'état de nos campagnes. Vous traitez vos sujets plus impitoyablement que des forçats ; on exerce sur eux des vexations horribles : sortez de votre enceinte de Palais somptueux, vous verrez un Royaume qui sera bientôt un désert. . . .*

Telle est la prose coulante & agréable de Le Franc de Pompignan. Le Roi n'a jamais donné un plus grand exemple de clémence, qu'en daignant pardonner à ce bourgeois de Quercy un peu trop vif. Est-ce à ce titre qu'on l'a reçu à l'Académie ?

Le même Le Franc de Pompignan, auteur du voyage de Provence, de la prière du déïste, & quelques pseaumes tra-duits en vers bien durs, & de plusieurs piéces de théâtre, dont une seule a pu être jouée (Didon) nie qu'on lui ait re-fusé quelque temps les provisions de sa charge en Quercy, pour le punir de la prière du déïste, parce qu'il fut d'ailleurs suspendu de sa charge en Quercy pour une autre affaire qui arriva dans un bal en Quercy. Nous n'entrerons point dans ces détails; nous nous contenterons d'observer que ce n'est pas sans raison qu'un père de la doctrine Chrétienne lui a dit :

Pour vivre un peu joyeusement,
Croyez-moi, n'offensez personne ;
C'est un petit avis qu'on donne
Au sieur Le Franc de Pompignan.

Il peut sur cet article présenter un mémoire à l'univers.

(*c*) Palissot de Montenoy fit jouer par les comédiens Fran-çais une comédie intitulée *les Philosophes*, le deux Mai 1760. Il a eu le malheur, dans cette comédie, d'insulter & d'accuser plusieurs personnes d'un mérite supérieur ; & il se reprochera sans doute toute sa vie cette faute. On voit par la Lettre qu'il a donnée au public en forme de préface, qu'il a été trompé par de faux mémoires qu'on lui avait donnés. Il justifie sa piéce, en raportant plusieurs passages tirés de l'Encyclopédie, & la plupart de ces passages ne se trouvent pas dans l'Encyclopédie. Il cite plusieurs traits de quelques mauvais livres intitulés *l'homme plante* & *la vie heureuse*; comme si ces livres étaient composés par quelques-uns de ceux qui ont mis la main à l'Encyclopédie : mais ces livres détestables contre lesquels il s'élève avec une juste indignation, sont d'un Médecin nommé La Métrie, natif de St. Malo, de l'académie de Berlin, qui les composa à Berlin il y a plus de douze ans dans des accès d'ivresse. Ce La Métrie n'a jamais été en relation avec aucun des citoyens qui sont maltraités dans la piéce des *Philosophes*.

Ceux qu'on insulte dans cette Piéce sont M. Duclos Secrétaire perpétuel de l'Académie Française, Auteur de plusieurs ouvrages très-estimables; M. d'Alembert de la même Académie & de celle des Sciences, célébre par sa vaste littérature, par ses connoissances profondes dans les mathématiques, & par son génie; M. Diderot, dont le public fait le même éloge; M. le Chevalier de Jaucour, homme d'une grande naissance, Auteur de cent excellents articles qui enrichissent le Dictionnaire Encyclopédique; M. Helvetius admirable (ce mot n'est point trop fort) par une action unique : il a quitté deux cens mille livres de rente pour cultiver les Belles-Lettres en paix, & il fait du bien avec ce qui lui reste; la facilité & la bonté de son caractére lui ont fait hazarder dans un livre d'ailleurs plein d'esprit, des propositions fausses & très-répréhensibles, dont il s'est repenti le premier, à l'exemple du grand Fenelon. L'Auteur des *Philosophes* se repent aussi d'avoir porté le poignard dans ses blessures ; il a des remords d'avoir imputé des maximes & des vues pernicieuses aux plus honnêtes gens qui soient en France, à des hommes qui n'ont jamais fait le moindre mal à perfonne, & qui n'en ont jamais dit. En qualité de Citoyen il fouhaite que le Dictionnaire Encyclopédique fe continue, que les Libraires qui ont fait cette grande entreprife ne foient point ruinés, que les Soufcripteurs ne foient point fruftrés.

Ce Livre qui fe perfectionnait fous tant de mains, devenait cher & néceffaire à la nation. J'ai vu l'article *Roi* en manufcrit. Des étrangers ont pleuré de tendreffe au portrait qu'on fait de Louis XV. & ils ont fouhaité d'être fes Sujets. La Reine fon époufe regretterait l'article *Reine*, fi fa vertu modefte pouvait lui faire regretter les plus juftes louanges. Au mot *Guerre*, on croirait que celui qui commande aujourd'hui nos Armées, & plufieurs Lieutenants Généraux, ont été défignés par l'Auteur, qui eft lui-même un excellent Officier. Le mot *Siége* forme un article bien important pour nous; la prife du Port Mahon immortalife le nom du Général, & le nom Français. En un mot, cet ouvrage eût fait notre gloire, & il eft bien honteux qu'il ait effuyé à la fois la perfécution & le ridicule.

(*d*) On faifit des drogues & du verd-de-gris chez les Fréres Jéfuites de la rue S. Antoine le 10 Mai 1760, jour de l'anniverfaire de la mort de Henri le Grand. Il y a un grand Procès fur cette contrebande entre les Fréres Jéfuites & les Apothicaires, fur quoi un Janfénifte a imprimé que les Frères Jéfuiftes, après avoir empoifonné les ames, voulaient auffi empoifonner les corps; mais ce font de mauvaifes plaifanteries.

(*e*) *Caveirac*. Il eft l'Auteur de l'Apologie de la S. Barthelemi; le feul titre de l'ouvrage l'annonce dans toute fon horreur. Ce livre, & d'autres compofés par le même homme, outragent un très-grand nombre d'honnêtes gens. Cet Abbé ayant fait un libelle qui tendoit à divifer le Clergé, & à infpirer la défobéiffance, a été exilé.

(*f*) Peu de nos Auteurs fe font fervis du mot *Inftructeur*, qui femble manquer à notre langue. On voit bien que c'eft un Ruffe qui parle. Ce terme répond à celui de *Coukasky*, qui eft très-énergique en Slavon.

(*g*) *Ramponeau*, Cabaretier de la Courtille, auquel on affurait une forte penfion, feulement pour fe montrer fur le Théâtre.

(*h*) *Fantin*, fameux Directeur qui féduifait fes Dévotes, & qui fut faifi volant une bourfe de cent louis à un mou-rant qu'il confeffait : il n'était pourtant pas philofophe.

(*i*) *Marie Alacoque*, ouvrage impertinent de Languet, Evêque de Soiffons, dans lequel l'abfurdité, & l'impiété même, fut pouffée jufqu'à mettre dans la bouche de Jefus-Chrift quatre vers pour Marie Alacoque.

(*k*) La Fleur des Saints, compilation extravagante du Jéfuite Ribadeneira ; c'eft un extrait de la Légende dorée, traduit & augmenté par le Frere Girard, Jéfuite. N. B. que ce n'eft pas ce Frere Girard qui fut condamné au feu le 12 Octobre 1731, par la moitié du Parlement d'Aix, pour avoir abufé de fa Pénitente, en lui donnant le fouet affez douce-ment, & pour plufieurs profanations. Il fut abfous par l'autre moitié du Parlement d'Aix, parce qu'on avoit ridiculement mêlé l'accufation de fortilége aux véritables charges du Pro-cès. C'eft bien dommage que ce Frere Girard n'ait pas été Philofophe.

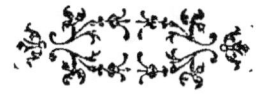